AF456271

CATALOGUE

DES

# OBJETS D'ART

ET DE

## RICHE AMEUBLEMENT MODERNE

PORCELAINES, ÉMAUX CLOISONNÉS

**Pendules, Bronzes, Lustres**

SCULPTURES, MATIÈRES DURES MONTÉES

## SIÈGES ET MEUBLES

DES STYLES LOUIS XIV, LOUIS XV ET LOUIS XVI

BILLARD DE GERDÉRÈS

**TENTURES, TAPIS, RIDEAUX**

DONT LA VENTE, PAR SUITE DE DÉCÈS, AURA LIEU

**HOTEL DROUOT, Salles Nos 5 et 6 réunies**

*Le Jeudi 21 Décembre 1899*

**Et Salle N° 6**

*Le Samedi 23 Décembre 1899*

A DEUX HEURES

COMMISSAIRE-PRISEUR

**Me P. CHEVALLIER**

10, rue Grange-Batelière

EXPERTS

**MM. MANNHEIM**

7, rue Saint-Georges

EXPOSITIONS PUBLIQUES

*Salles nos 5 et 6 réunies, le Mercredi 20 Décembre 1899,*
*Salle no 6, le Vendredi 22 Décembre 1899,*

DE UNE HEURE ET DEMIE A CINQ HEURES ET DEMIE

# CONDITIONS DE LA VENTE

---

Elle sera faite au comptant.

Les acquéreurs paieront *cinq pour cent* en sus des adjudications.

L'exposition mettant le public à même de se rendre compte de l'état et de la nature des objets, il ne sera admis aucune réclamation une fois l'adjudication prononcée.

Paris. — Imp. de l'Art, E. MOREAU ET C^ie^, 41, rue de la Victoire.

# DÉSIGNATION

## PORCELAINES

1 — Deux vases en forme de balustre aplati, en porcelaine de Chine, décor dit à mandarin, sur fond carrelé.

2 — Deux potiches en forme de balustre aplati, en porcelaine de Chine, à décor de branches fleuries sur fond noir; montures en bronze.

3 — Grand vase en porcelaine laquée du Japon, sur table en bois sculpté, à dessus de marbre.

4 — Bol en porcelaine du Japon, à décor de fleurs sur fond vermiculé.

5 — Groupe en ancien biscuit de Locré : Vénus et l'Amour.

6 — Soupière avec couvercle en ancienne porcelaine d'Allemagne, décor de fleurettes.

7 — Vase ovoïde avec couvercle, en porcelaine moderne de Saxe, à décor de paysages et d'animaux.

8 — Deux petits vases avec couvercles, en porcelaine moderne de Saxe, ornés de figures et de fruits en ronde bosse.

9 — Groupe de musiciens et danseurs en porcelaine moderne de Saxe.

10 — Deux brûle-parfums en porcelaine bleue, à quatre pieds griffes et mufles de lions en bronze.

11 — Deux vases en porcelaine gros bleu marbré et or, fleurdelisés; montures en bronze de style Louis XVI.

12 — Vase en porcelaine émaillée gros bleu, sur socle en bronze doré.

13 — Grand vase en céladon bleu gaufré, garni d'une monture en bronze doré, à cariatides d'enfants tritons.

## ÉMAUX CLOISONNÉS

14 — Grand vase en ancien émail cloisonné de la Chine, à fleurs et ornements sur fond bleu; anses et anneaux en cuivre doré.

15 — Coupe en ancien émail cloisonné de la Chine, à pieds éléphants; socle en bois.

16 — Deux gourdes de forme lenticulaire en émail cloisonné de la Chine, à fond bleu.

17 — Deux bouteilles en émail cloisonné de la Chine, à fond bleu.

## BRONZES — PENDULES

18 — Pendule Louis XVI, en bronze doré au mat et marbre blanc, ornée de deux statuettes : Vénus et l'Amour; cadran signé *Imbert l'aîné à Paris.*

19 — Deux chenets de style Louis XIV, en bronze doré, modèle à vases de flammes.

20 — Deux chenets en bronze, de style Louis XIV, modèle à pyramides.

21 — Garniture de cheminée, de style Louis XVI, en bronze doré au mat et marbre blanc : pendule à cage et deux candélabres à vase et trépied ; *Maison Denière.*

22 — Deux candélabres, de style Louis XVI, en bronze doré, modèle à vase et trépied.

23 — Deux candélabres à deux lumières, en bronze doré, style Louis XVI, modèle à fleurs et feuilles d'acanthe.

24 — Deux girandoles, de style Louis XVI, en bronze doré, à cinq lumières, ornées de têtes de béliers, guirlandes, perles et feuilles d'acanthe, et de pendeloques et pièces d'enfilages en cristal de roche.

25 — Deux grands candélabres, de style Louis XVI, décorés de groupes de nymphes et d'enfants satyres en bronze ; branches et socles en bronze doré. *Maison Denière.*

26 — Grande suspension en bronze doré, disposée pour l'électricité, modèle à cariatides, draperies et guirlandes de style Louis XVI.

27 — Deux aiguières de forme Louis XVI, vernies en noir et montées en bronze doré.

28 — Deux chenets, de style Louis XVI, modèle à vase de flammes et galerie en bronze doré.

29 — Deux chenets, de style Louis XVI, en bronze, modèle à vases et galerie.

30 — Deux chenets en bronze, modèle à galerie, pommes de pin, et mascarons souffleurs.

31 — Quatre candélabres à deux lumières en forme de colonnette, sur base à têtes de béliers, en bronze doré et cristal de roche.

32 — Quatre lampes de suspension disposées pour l'électricité, en céramique et bronze.

33 — Deux flambeaux en bronze ciselé et doré décorés de cassolettes sur la base.

34 — Deux supports à quatre pieds en bronze, à têtes de béliers.

35 — Statuette de Jason, d'après l'antique, en bronze argenté.

36 — Deux petits groupes en bronze, connus sous le nom de *Baisers de Houdon*; socles en marbre et bronze doré.

37 — Deux lampadaires en bronze de style antique.

38 — Deux vases coniques et leurs tables de style antique, en bronze.

39 — Galerie de foyer en bronze patiné, modèle à vases à anses surélevées.

## LUSTRES

40 — Lustre en bronze et cristaux.

41 — Deux lustres en bronze et cristaux

42 — Deux lustres en bronze et cristaux disposés pour l'électricité.

43 — Lustre en cristal taillé, décor de pendeloques et guirlandes.

## SCULPTURES

44 — Statuette en marbre blanc : Clythie, par *Falguière*. Base en marbre bleu-turquin.

45 — Statuette en marbre blanc : Joueuse de mandoline, par *Falguière*.

46 — Statuette en marbre blanc : le Martyre d'un saint, par *Falguière*.

47 — Deux bustes de jeunes femmes, petite nature, en marbre blanc, par *Carrier*. Sur socles en porphyre et bronze doré.

48 — Groupe en marbre blanc, par *Clésinger* : Diane endormie et ses chiens.

49 — Statue en marbre blanc, grandeur nature : Baigneuse, par *Cobet*, *1861*.

50 — Statue en marbre : la Moisson.

51 — Statue en marbre : Femme et oiseau.

# MATIÈRES DURES ET MARBRES

52 — Deux candélabres formés de vases en porphyre rouge oriental, à anses-têtes de béliers et à trois branches d'œillets porte-lumières en bronze doré.

53 — Deux colonnettes en porphyre rouge oriental, sur socles en porphyre et marbre vert antique, montés en bronze doré.

54 — Deux vases en serpentin vert d'Égypte, à anses-serpents, guirlandes et culot feuillagé en bronze.

55 — Deux vases, forme Médicis, en granit gris, avec ansest-êtes de boucs en bronze doré.

56 — Petit vase en spath-fluor, monté en bronze.

57 — Deux torchères formées de figures de nymphes en marbre blanc, supportant des branches porte-lumières en bronze et cristaux et reposant sur des gaines en bois noir garnies de bronze doré. Signées : *J. Pollet, 1858.*

58 — Deux grandes torchères, formées de cariatides, en marbre blanc, montées sur gaine à trépied en marbre bleu-turquin avec moutures et bouquets en bronze doré.

59 — Brûle-parfums, de forme ovale, en marbre noir, garni d'anses-têtes de satyres en bronze doré.

60 — Deux vases en marbre rouge antique; montures en bronze doré à guirlandes de laurier, anses volutes et culot feuillagé; style Louis XVI.

61 — Coupe en marbre rouge antique, à décor de mufles de lions.

## SIÈGES

62 — Meuble de salon du temps de la Régence, en bois doré, couvert de tapisserie au petit point, à décor de fleurs : canapé et quatre fauteuils.

63 — Canapé Régence, en bois doré, foncé en canne dorée.

64 — Six chaises Louis XV en bois doré, foncées en canne dorée.

65 — Petit canapé du temps de Louis XVI, en bois sculpté et doré, foncé en canne dorée, avec siège en velours et deux coussins.

66 — Canapé et fauteuil garnis, mais non couverts, en bois sculpté et doré, à décor de feuilles d'acanthe et rangs de piastres. Époque Louis XVI.

67 — Banquette en bois doré, de style Louis XV, couverte en tapis genre Savonnerie, à dessin de carquois, fleurs, chiffre du Roi et armes de France.

68 — Meuble de salon, de style Louis XIV, en bois sculpté et doré, à pieds-griffes, et couvert en damas de soie ponceau; il se compose d'une banquette avec dossier, de deux banquettes sans dossier, de six grands fauteuils et quatre tabourets.

69 — Meuble de salon, en bois doré, de style Louis XVI, couvert de velours vert ciselé; il se compose d'un canapé et de six fauteuils.

70 — Fauteuil, de style Louis XIV, couvert de cuir gaufré : oiseaux et fleurs.

71 — Bergère en bois sculpté et doré, couverte en étoffe, de style Louis XIV, à fond jaune avec fleurs brochées en couleurs et métal.

72 — Fauteuil d'enfant en bois doré, style Louis XIV, couvert en damas de soie ponceau.

73 — Fauteuil confortable couvert d'étoffe Louis XIV, brochée à fleurs sur fond saumon.

74 — Tabouret à X, en bois sculpté et doré, de

style Louis XIV, couvert de soie, à fleurs sur fond jaune d'or.

75 — Meuble de salon en bois doré, de style Régence, couvert en brocart à fond crème ; il se compose de deux grands canapés, huit fauteuils et quatre tabourets.

76 — Fauteuil en bois sculpté et doré, à motifs Régence, couvert de velours broché à fleurs.

77 — Deux chaises, de style Régence, en bois sculpté et doré, couvertes en soie rosée brochée à fleurs.

78 — Meuble de salon, de style Louis XV, en bois sculpté et doré, couvert en satin bleu-clair uni ; il se compose d'un canapé d'angle, de deux fauteuils et d'une bergère.

79 — Fauteuil de bureau, de style Louis XV, en bois sculpté et doré et foncé en canne dorée.

80 — Fauteuil et deux chaises, de style Louis XV, en bois doré, couverts en satin havane.

81 — Six chaises en bois doré, style Louis XV, couvertes de tapisserie à fleurs.

82 — Fauteuil de bureau Louis XV, garni de cuivre.

83 — Six fauteuils, bois peint blanc, garnis de velours rayé bleu.

84 — Meuble de salon, de style Louis XVI, en bois sculpté et doré, couvert en tapisserie d'Aubusson, à fleurs sur fond bleu-clair ; il se compose de deux grands canapés, deux marquises, huit grands fauteuils et un écran.

85 — Deux canapés d'angle, bois doré de style Louis XVI, couverts de soie jaune d'or armurée, à fleurs de couleurs brochées, analogue aux rideaux n° 164.

86 — Canapé d'angle, couvert de même étoffe.

87 — Deux grands fauteuils en bois sculpté et doré, couverts de même étoffe.

88 — Grand fauteuil, deux chaises chauffeuses et un fauteuil bas, en bois sculpté et doré de style Louis XVI, couverts en étoffe de soie rayée bleu à fleurs dans les entre-deux.

89 — Canapé en bois sculpté, de style Louis XVI, couvert en dauphine à fond bleu-clair.

90 — Canapé en bois doré et doré, de style Louis XVI, couvert en soie rayée et brochée à fleurs sur fond crème.

91 — Petite banquette à accoudoirs en bois doré, style Louis XVI, couverte en satin vieux rose broché à dessin de couronnes.

92 — Fauteuil bas en bois sculpté et doré, de style Louis XVI, couvert d'étoffe brochée à fleurs sur fond vert.

93 — Deux fauteuils en bois doré, de style Louis XVI, garnis de tapisserie à fleurs sur fond bleu-clair.

94 — Bergère en bois sculpté et doré, de style Louis XVI, couverte en soie rayée bleu et blanc, et brochée à fleurs.

95 — Petit fauteuil, de style Louis XVI, en bois sculpté et doré, à dossier ovale couvert de soie bleu-clair brodée en soie blanche.

96 — Chaise, de style Louis XVI, en bois sculpté et doré, couverte de soie rayée et brochée à fond crème.

97 — Chaise basse en bois doré, de style Louis XVI, couverte en soie rayée et brochée à fleurs.

98 — Quatre chaises légères, de style Louis XVI, en acajou, couvertes en velours ciselé à fond crème.

99 — Canapé et quatre fauteuils à sièges et dossiers cannés, avec croisillon d'entrejambes; coussins en soie brochée à fond rose.

100 — Canapé canné partiellement et couvert de soie blanche brodée à fleurs.

101 — Fauteuil confortable entièrement couvert de soie bleu clair brochée à fleurs en soie et métal.

102 — Deux chaises légères en bois sculpté et doré, foncées en canne dorée. *Maison Dromard.*

103 — Onze chaises légères en bois doré couvertes en satin broché à fleurs et rayé bleu et blanc.

104 — Pouf carré couvert de soie bleu-clair orientale, brodée de métal.

105 — Deux petits sièges à X et appuie-bras, en bois doré, couverts en velours verdâtre et tapisserie d'Aubusson, à fleurs sur fond bleu-clair.

106 — Six tabourets, bois doré et damas rouge.

107 — Tabouret, en noyer sculpté, couvert en brocart.

108 — Tabouret, bout de pieds, en bois sculpté et doré, couvert de soie à fond bleu.

109 — Chaise basse en bois doré couverte en satin noir broché, à fleurettes.

110 — Chaise basse en bois doré et étoffe rayée.

111 — Chaise longue, couverte de damas bleu-clair, capitonnée.

112 — Fauteuil confortable couvert en damas de soie bleu-clair brochée, à fleurs blanches; il est accompagné de deux coussins brodés.

113 — Deux chaises variées de forme, en bois doré, couvertes de soie bleu clair brochée.

114 — Trois chaises légères, en bois doré, couvertes en soie bleu-clair, à dessin blanc.

115 — Tabouret en bois doré, couvert en étoffe bleu-clair.

116 — Deux canapés, de forme cintrée, en bois doré, couverts d'étoffe de soie, à fond brun.

117 — Deux chaises couvertes en velours de Gênes, à dessin vert sur fond jaune.

118 — Chaise basse couverte en velours de Gênes à fleurs sur fond clair.

## MEUBLES

119 — Paravent à deux feuilles en broderie de soie et métal; époque de la Régence.

120 — Grand bureau à cylindre en acajou orné de bronzes; époque Louis XVI.

121 — Coffre oblong et sa table en laque noir, à décor d'oiseaux et feuillages en couleurs. XVIIIe siècle.

122 — Grande console, de style Louis XIV, en bois sculpté et doré, avec tablette plaquée de porphyre.

123 — Bureau plat, de style Régence, en bois de placage, garni de bronzes dorés tels que têtes d'animaux, chutes, poignées, sabots, etc.

124 — Deux meubles à hauteur d'appui en bois sculpté de style Régence.

125 — Grande table-bureau, de style Louis XV, en bois de rose et bois de violette, richement garnie de bronzes dorés, tels que : mascarons, encadrements, chutes, sabots, bustes de guerriers. *Maison Beurdeley.*

126 — Console, de style Louis XV, en bois sculpté et doré à dessus de marbre blanc veiné.

127 — Console, de style Louis XV, ornée de deux cariatides de femmes ailées ; laque blanc et bois sculpté et doré ; dessus de marbre blanc.

128 — Console analogue à la précédente, mais à une cariatide.

129 — Petit bureau de dame, de style Louis XV, en bois de couleurs à décor de vases de fleurs et fleurettes; *maison Beurdeley*.

130 — Table-toilette, de style Louis XV, décorée au vernis, et garnie de bronzes.

131 — Meuble à hauteur d'appui, en laque noir et or, à pagodes et oiseaux; riches garnitures de bronze doré, colonnettes, guirlandes, trophées, etc.; dessus de marbre brocatelle. Style Louis XVI.

132 — Bureau plat, de style Louis XVI, à deux tiroirs, en acajou, orné de moulures en cuivre doré.

133 — Deux meubles, à hauteur d'appui, en bois de rose, ornés de bronzes dorés, à médaillons de jeux d'enfants, frises et guirlandes. Style Louis XVI.

134 — Table, de style Louis XVI, en marqueterie de bois de couleurs, à quadrillés, avec galerie de cuivre et garnitures de bronzes.

135 — Grand meuble, de style Louis XVI, à hauteur d'appui, fermant à deux portes bombées et à deux rangs de tiroirs en bois de citronnier et garni de bronzes dorés; dessus de marbre.

136 — Meuble-vitrine, en bois de placage, richement

garni de bronzes dorés, frises, chutes, encadrements et galerie. Style Louis XVI.

137 — Deux meubles, de style Louis XVI, en bois de placage, richement garnis de bronzes dorés au mat et fermant à trois portes vitrées.

138 — Grande armoire, de style Louis XVI, en acajou, citronnier et bois d'amboine et garnie de bronzes dorés : elle ferme à trois portes dont une à glace.

139 — Deux meubles d'entre-deux, de style Louis XVI, en laque noir ; garnis de bronzes dorés ; dessus de marbre blanc.

140 — Deux grandes consoles, de style Louis XVI, en bois doré, à huit pieds : dessus de marbre blanc.

141 — Encoignure, de style Louis XVI, en laque noir : garnie de bronzes ciselés et dorés : dessus de marbre. *Maison Grohé.*

142 — Écran en bois doré, style Louis XVI, orné d'une gravure : portrait de Louis XVI, d'après Callet.

143 — Meuble à hauteur d'appui, en bois laqué, avec garnitures de bronze doré, tels que cariatides.

guirlandes, frises, médaillons; dessus de marbre.

144 — Table en bois et bronze dorés, avec croisillon d'entre-jambes; tablette de labrador.

145 — Petite table de dame, de forme ovale, en marqueterie de bois de couleurs, à quadrillés, avec tablettes de marbre blanc.

146 — Petite table à deux tiroirs, en bois peint rouge et doré; dessus de marbre blanc.

147 — Table ovale, à quatre pieds, en bois doré, avec tapis brodé sur soie blanche.

148 — Écran en broderie de soie de couleurs, sur fond blanc, monture en cuivre.

149 — Petit paravent, à trois feuilles, garnies sur leurs deux faces d'étoffe brochée à fond rosé.

150 — Paravent, à quatre feuilles en tapisserie au point, à fleurs.

151 — Paravent à quatre feuilles garnies de broderies orientales, à fleurs et ornements, en soie de couleurs et métal, sur fond bleu-clair.

152 — Paravent à quatre feuilles garnies, sur une face, de soie de Chine brodée à fleurs sur fond jaune et, sur l'autre face, de fleurs sur fond noir.

153 — Vitrine, de style chinois, en palissandre, avec charnières et écoinçons en cuivre découpé.

154 — Cabinet-étagère en laque noir du Japon, décor en dorure.

155 — Support à laque, décor de paysage en or sur fond noir.

156 — Billard en noyer richement sculpté, de *Gerdèrès*, avec tableau de marques, queues et porte-queues.

## TENTURES — ÉTOFFES — TAPIS

157 — Trois garnitures de portes composées chacune d'une galerie cintrée en bois doré, d'un lambrequin en tapisserie d'Aubusson, de deux rideaux en tissu noir broché à fleurs et oiseaux de couleurs, et d'un store en tissu beige.

158 — Garniture de porte en tapisserie à fond lamé de métal à grosses fleurs.

159 — Garniture de baie en velours rouge et bandes de tapisserie, oiseaux et fleurs.

160 — Garniture de baie en damas de soie ponceau avec bandes de tapisserie.

161 — Garniture de baie en damas de soie ponceau.

162 — Deux garnitures de portes (rideaux et lambrequins) en satin ponceau brodé, et velours vert; franges à grilles.

163 — Trois garnitures de croisées en soie brochée à fleurs sur fond jaune.

164 — Quatre grands rideaux de croisées et deux lambrequins en soie jaune d'or armurée à fleurs de couleurs brochées, passementerie et galeries dorées; même soie que sur les sièges n$^{os}$ 85, 86 et 87.

165 — Quatre garnitures de croisées en satin bleu broché à fleurs, composées chacune de deux rideaux, et d'un lambrequin.

166 — Deux larges bandeaux en tapisserie au point à fleurs sur fond crème.

167 — Tapis de table en velours crème brodé en métal, vase, rinceaux et fleurs.

168 — Tapis de table en soie brochée à fleurs sur fond vert.

169 — Tapis de table en soie rouge ornée de broderies métalliques.

170 — Tapis de table, fond bleu, à broderies métalliques.

171 — Tapis en drap brodé, à fleurs en couleurs, sur fond marron.

172 — Deux stores en soie vieux rose, avec panneau en soie blanche richement brodée et brochée, à décor de vases et de fleurs.

173 — Fort lot d'étoffes de soie brodée et brochée et de bandes de tapisserie ancienne et moderne.

174 — Grand tapis, fond rouge à décor de rosaces, guirlandes, fleurs et ornements.

175 — Tapis de Smyrne, à dessin géométrique, sur fond rouge.

176 — Grand tapis d'Orient, à fleurs, sur fond rouge.

177 — Tapis d'Orient, à décor de fleurs, sur fond blanc; large bordure à décor de palmettes et fleurettes.

178 — Sous ce numéro, plusieurs tapis d'Orient, de Smyrne et autres.

---

Produit Total 188,000 Francs

www.ingramcontent.com/pod-product-compliance
Ingram Content Group UK Ltd.
Pitfield, Milton Keynes, MK11 3LW, UK
UKHW022150260726
13993UKWH00005B/2266